ぐるぐるぐる

くねくねくね

しゅる
しゅる
しゅる

よっ
よっ
よっ

踊れ始祖鳥

くろだたけし

ナナロク社

この本は私が初めて出す本であり
私が作った短歌をまとめたものです
お読みいただければ幸いです

くろだたけし

目次

凡人

日常に刺激を求めなくなると冷蔵庫からポン酢が消える

会う人がみんな引っ掛け問題を出すのが好きなタイプに見える

将来になにも期待はしなくてもゴミは地域のルールに沿って
中立は正しいわけじゃないけれど間違うよりはまだましだから
僕だけに聞こえてしまう耳鳴りとわかっていても意味を知りたい

悟るのも欲望のまま生きるのもなんか無理だな凡人だから
ほかよりは邪魔になりにくかったから折りたたみ傘だけが残った
制服が嫌いなことと似たような服しか着ないことは別だよ

途切れた電波

届かない言葉を送りあうたびに倒れた鳥に戻る心音

あなたへの手紙はないと告げてくる身なり正しく顔は見せずに

鍵穴を失くした鍵は捨てられず玉のレタスは腐らせている

寝て起きていつか死ぬのは嘘じゃない隙間からさす光もナイフ

閉ざしても閉ざしきれない朝の陽が固まりかけの部屋を溶かした

寝る前と同じ様子でテーブルにじっとしていた鍵とリモコン

いい声で話す誰かを無視すればわたしを包む耳鳴りがある

占いは一位でしたが起きてから最初の声はまだ出ていない

カーテンが視界の端で揺れたのによく見たときは揺れてはいない

曇天の昼間を照らす天井の灯りにみんなだまされている

できるだけ詳しくメモを取ったのに群れではびこる虫のような字

バランスの乱れた文字を書きながらなぜそうなるかわからずにいる

たくさんの虫ではなくて一年をひとつの紙に広げた暦

削られてまっすぐになり朝顔を支えるだけの夏だったかも

食用の肉にされない運命に感謝しつつも悪事にはしる

継ぎ目から漏れているならわたしには継ぎ目があるということでしょう

薄日の日じっとしていただけだったテレビだったら大げさに言う

おだやかに過ぎたと思う一日の知らないうちに途切れた電波

生まれずに外から割れて役割りを突然終えた卵のかたち

骨だけが残る魚に顔はあり海にいたって同じ表情

まぢかでは見つめられない激しさで昨日のゴミが燃やされている

眼をやれば窓から見える青空にさっきの怖い音は忘れる

だいたいは外は見ないで足音で想像をして済ませています

邪魔をする音や煙やまぼろしを追っぱらったらもう眠くなる

割り当てたアルファベットをくねらせて嘘言で埋めた交換日記

影だけが月の光によみがえり浅い眠りを覗いてまわる

百年後目覚めるための夢の中ずっとトイレを探し続ける

そうやってあなたは長く眠るから長く夢からつきまとわれる

わたしへとつながる線をたどったらなぜか布団で目が覚めるのだ

遠くから聞こえた声は遠いまま消えてしまってまた朝になる

最後に鳴った音を知らない

この部屋を出ていきたがる蠅がいて孤独に窓にぶつかっている
死んでいる虫を窓から外へ出す死んでいるたび窓から捨てる

寒い日の鉄の手すりは白く冷え手は踊らせて降りる階段

フロアーを区切る仕切りと天井の間を誰も通り抜けない

背景にされないように忙しく動き続けてやがて倒れる

この階のどこかにさらに上へ行くドアがあるって聞いたのですが

階段を長々のぼり行き止まりそういう時に飲むべき薬

知り合いに会わないほうへ曲がっても知らないだけで似たような道

先にいた誰かが忘れられたあとわたしが一歩前に出ていく

境界を越えたときには消えている帽子と眼鏡いつものカバン

ていねいな言葉で指示をしたあとに機械の音でうながしてくる

ぽっきりと折れずにずっと立っていたビルをいつかは壊す日が来る

壊れたら壊れたままにしておいて生まれ変わりは別人だから

はみ出せずまっすぐ歩くすれすれを次々通る大きな車

図らずも聞いてしまって渦巻きの奥に小さく秘密をしまう

逃げていくものは獲物に見えるから追いかけるけど道には迷う

晴れたのに暖かくない一日で地図はないのに早足だった

清潔を少しは憎む海も越え鳥が知らない病気を運ぶ

標識に表情があり意志があるしかしねじれる以外できない

行列が手品のようにあらわれてどこかへ去ってポケットが空

なだらかな坂をだらだらのぼるうち忘れるはずと思われている

輪郭をはっきりさせてほっとするいるとわかれば離れていたい

破けると内から水がこぼれだす止まらないけど止まれと思う

冬の日の外に置かれた木の椅子に人の気配が腰掛けている

捨てられた足踏み式のオルガンの最後に鳴った音を知らない

会いたいと思える人があまりないない小鳥がいても見分けられない

生きている者が死ぬのを待っている土はそういう役割だから

動かない道と知ってて動かずに夜が来るのを待っているんだ

群衆のひとりになって手を伸ばす知っていたけど月は遠いね

深夜でも明るい場所があるせいでずっと行ったり来たりしている

その人は年齢不詳繰り返し宙返りする無音の中で

ゆうれいが監視カメラをにらんでもそれを見つける誰かがいない

早送りする人のため一定のリズムで歩く立ち止まらずに

十字路の代わりばんこの信号は見られなくてもたぶん正しい

それぞれに光り終わっていく星が夜空の意味を迷わせている

待っているわけではないとわかってはもらえないけどまだここにいる

歪み

はやらずにすぐに忘れた歌だから思い出しても懐かしくない

すくわれた金魚が乾くこちらがわ何もないのが空という場所

苦しくてうまくできない深呼吸足りないけれど数えてしまう

階段は雨で濡れるとよく滑る鳩が様子をうかがっている

寄り合って上から下へ落ちる水雨だれの音雨だれの音

罠だから空から降りた風船に針を刺したら空も破れる

暗色の大きな傘をさす人が大きなキノコだったとしても

大きくて重い荷物が日常の頭の上を運ばれてゆく

怖くても泣けないせいで飛行機は飛ぶたび空を震わせている

電話して話す相手が偽者であったとしても問題がない

新しい帽子で顔を隠しても以前と同じ操られかた

またいつか会えるとしても青空に映った虹はあいまいである

あのお茶の常より早い冷めかたをちゃんと気にしたわけじゃなかった

殺し屋が死者の名前でやってきてちゃんとお金を払って泊まる

トランクに死体となっていれられて小さいことはやっぱり損だ

にこやかな表情はもう無表情間取り図で見る平面の部屋

壁の眼を塗り潰したい衝動は解決されぬままの婚約

よくできた人形ですか暗くてもここの灯りはつかないのです

目が合うとじっと見つめてくるものは怖くなるからもうもらわない

別々にふたつあるから歪むのか覗いてみたらもうひとりいる

閉じたから隙間ができて表情を持たない顔がこちらを覗く

ねじ曲がり床に散らばるスプーンが虫の死骸のようにも見える

無力だと思っていたらうじゃうじゃと増えてしまって息が苦しい

鏡から鏡へ映り遠ざかる裏切ったのもわたしでしたか

留守番の戸を叩かれていないふりそれからずっと嘘つきでした

近づけば小さいものは逃げていくずっと遠くへ逃げてください

ずり落ちた眼鏡をもどす指先も昼を夜へと進めてしまう

聞いたとき聞こえはじめる風の音眠っていいよ起こさないから

どのようなメールが来ても来なくても濃さの変わらぬ寂しさでした

屋根をゆく獣に足が四本とよくつかさどるしっぽがあった

鳴るだけで物語らない風を聞く骨になったら誰かの楽器

信じない言葉で喉は擦り切れて白紙のままで古びたノート

そのあとのことは言葉にされなくてけむりのようなにおいだけした
夜だから眠れるというわけはなく枯れ葉になって剝がれるシール

ぶらぶら踊る

この町の再開発で描かれた近未来図のタッチが古い

何匹も金魚が死んだガラス器の今もきれいなままの瑠璃色

流されて隅に座った二次会でラジオを聞いているようにいる
なんとなく並んで海を見てしまうケンタウロスとミノタウロスは
牛乳をミルクと呼んで温めてみんな死ぬって知ると寂しい

信仰を持たない僕は水に落ちた蜘蛛を助けた手で巣を払う

おおかたの死者は祟らず去ってゆきわたしはいつも通りに起きる

誰よりも考え深く見えるのが真正面から見たカバなんて

二人だけ生き残ったらお互いにはずれの顔を隠せずにいる

ざます系女主人の目を盗みメイドが送る新聞歌壇

叔母さんは前ぶれもなくやってきて五本の太い葱置いて去る

憎しみは徐々に来るのにもう僕は優しい人と決められている

ペンを投げパソコンを投げ椅子を投げバーカバーカと言えばよかった

カラスから見ればわたしはゴミよりも価値が無いのだ生きているから

温泉もハワイも豪華客船もペアと付くから願えずにいる

踊ってるところを石にされちゃって始祖鳥なんて呼ばれています

右ききを時に疑う字が汚いハンコが曲がる卓球が下手

どれぐらい笑っていいの生きのいい蛸がこれから切り刻まれる

今ならば小股すくいで倒せると長い話の途中で気づく

ああたぶんこれではないと気づいてもこれしか知らない求愛ダンス

幸せに二人が暮らすその裏であとを絶たないシンデレラ詐欺

いつまでも足らぬ足らぬと騒ぐからおまえに香味野菜を詰める

控えめな甘さではなく甘いのをちょっと欲しいというのが本音

衰えたわたしを馬鹿にするように同じ強さでうずく性欲

違和感に慣れさせたあと少しずつ君はわたしを食っていたのか

うきうきと私情をはさむ人がいてはみだし気味のフルーツサンド

欲張って大きく作り過ぎたから世界は自重でつぶれるプリン

指先に小さな傷ができたあと血が出るまでを待って見ている

濡れた手を濡れたタオルで拭いたあと少しのあいだぶらぶら踊る

さっきからひどく怯えているけれどあなたもたぶん幽霊ですよ

行けなくていいから誰も穢せない尊い場所があったらいいな

横綱が強い力で前みつを引けば国じゅう食い込む心地

さっきまで共に嵐と戦った傘は壊れて分別ごみへ

名乗らずに無言電話をする人と名乗らず耳をすましている人

正しさは強さではなく吹く風に揺らして落とすナックルボーラー

奪いあうボールに触れることもなく離れて立っていても少年

星が死ぬのに

心から疲れた夜に生真面目な明朝体もひび割れている

本物はかぎかっこへと閉じこめて一人称で妄想をする

閉じた目があふれて夜空まで届く止めようもない星が死ぬのに

祭りの日

勢いをつけて跳んだらそれっきり思い出さない友だちのこと

出会ってはいけないい子供が待っている行かないほうの道の先には

お祭りは中止になったぬかるみが広がりみんな沈んでいった

嘘つきを裏切る人に罪はなく後ろの正面だあれもいない

我に返る

警報が響いて我に返るまでずっと誰かの言いなりでした
音楽が鳴りだすまでに間があって季節のいない場所にたたずむ

あちこちに忘れて置いてきた僕を拾い集めてみても手遅れ

僕たちがわかりあえたということはどのようにしてわかりあえるの

密告のあとに懺悔も終わらせてようやく向かい合えた青空

白夜

白夜にて夜を弔うビュッフェにはサンドイッチが平等にある

目覚ましのベルはこの先鳴りません夢と眠りは並走しない

切手を
お貼り
ください

郵便はがき

142-0064

東京都品川区旗の台
4-6-27
株式会社 ナナロク社

『踊れ始祖鳥』
読者カード係 行

フリガナ	
ご氏名または、 ペンネームなど	
お住まいはだいたいどのあたりでしょうか。町の名前はお好きですか。	
本を手にとってくださったあなたはどのような方ですか。 例・映画好きの会社員で2羽の文鳥の飼い主です。 (　　　　　　　　　　)	
お買い上げの書店名	所在地

★ご愛読ありがとうございます★

以下の項目についてお答えいただければ幸いです。
小社とくろだたけしさんとで大切に読み、励みといたします。

■ 今の気分で本書から5首を選ぶならどの歌でしょうか。

■ 本書へのご意見・ご感想をお聞かせください。

※ ご感想はお名前を伏せて本のPRで使わせていただくことがございます。

眠らずにいたはずなのに音の無い夢が映画のように流れる

瞬きのあいまを抜けて飛ぶ蝶をつまんで食べる君の指先

背の高い花から道を尋ねられ「わたしは組み木のパズルのピース」

気を抜くとあらぬところに顔があり落ちた硬貨が希望に見える

いくらでもサンドイッチはあるけれど枕を使うことはもうない

山盛りのポップコーンは甘すぎてポップコーンは山盛りのまま

滅びる

ピエロなら殺して埋めてしまったよサーカスはもうここには来ない

山を降り町に流れた神様はすぐ神様をやめてしまった

洗剤が泡立ちにくいことなどは数えずにいるほうの出来事

夜はもう深くはならず燃えにくい素材へ順次置き換えられる

寝室が暗いあいだは知っている明るくなると忘れてしまう

その庭の花のすべてが造花だと誰かが気づく前に滅びる

目覚めずに眠り続けてしまったら油汚れになってしまうよ

親子丼たぶん三くちで飲みこんで蛇なんですよわたしの前世

たんぽぽ

巡りくる春も最初はこっそりと目の前じゃないところに座る

「一応」とついつい口にしてしまい咲いたけれども目立たなかった

子供の頃ひとり遊びが好きでした大人になっても好きなままです

少しずつ小さな虫に奪われて一日分を枯れる一日

咲きかたがわからないままた咲いて締め切りだけはちゃんと守って

友だちと呼べないほどでちょうどよく同じ野原に咲いたたんぽぽ

いてもいい

晴れないとわかってからは青空を思い出さないい人のしあわせ

詳細は不明のままで昼下がり短く鳴ったおもちゃのラッパ

てのひらのサイズで殴りあう人を見ているわりに特権はない

落とされるために上まで来たのだとわかったときはあきらめていた

壁を抜け声は聞こえてしまうこと忘れて皆が叫び始める

写真屋は何を思って消えるのか薄笑いする顔がタテヨコ

あの頃のわたしは時間割でした閉まり始めたドアなのでした

無自覚に破れないって決めつけてもし破れたらどうするつもり

うしろからいつも引かれているせいでうっかりすると歩幅が狭い

すべすべのあなたの脚と毛だらけのわたしの脚にそれぞれの夜

憎んではだめと言われて飽きている祭りの鬼の数はあいまい

冬が来るまでにはちゃんと太ります甘いイモだけ苦手なのです

置き場所が決まらないって最後まで裸のままで捨てられちゃった

テーブルや椅子に威厳がある部屋の鹿の頭の眼はのぞき穴

順番に夜は明けると伝言が残されていて間違い電話

見た夢を思い出そうとする夢を見ているうちに現実が来る

自転車は乗らずにいたらさびついて川は流れて怖いと思う

怪しくはないのですよと笑っても出てくる声が鴉の声だ

この道がどこかへ続く道ならばどうして誰も来なかったのか

会わなくていい人だったさらさらになりたくなって水だけを飲む

おたがいをゴミとののしる僕たちは同じ種類に分別された

ひとりでも黙っていても言葉ならそこらあたりを漂っている

天気図のとおりに風が強くなるいてもいいけどいなくてもいい

触れないでいるから何も感じないそしておそらく触れないでしょう

のぞいたら中の誰かと眼が合ってつらいことだけ思い出すかも

存在を証明したら新しい税が増えたりするのでしょうか

わたしには引けそうもないなめらかなラインがあってそれもよかった

宇宙的音階が鳴る口笛にしては大きく風の隙間で

認証を指紋で済ませ開く鍵あんなに雨に濡れたあとでも

クルミ

すいている昼の電車で心地よく揺らされているアイデンティティ

合掌の手と手の内のふくらみに熱を溜めても卵ではない

住むうちに記憶違いが重なっていつもどこかが焦げくさくなる

家が消え更地になった一画で汚れた壁が陽を浴びている

大きさはクルミぐらいでみぞおちと同じ座標に浮かぶ絶望

少しだけ少しだけって言いながら開けちゃいけない箱を閉じずに

夢で見た空はわたしのものですか本物らしく見えたのですが

透明といえど景色を歪めつつガラスの壜が守る空っぽ

手紙

正しさを求めていると眠るのも息をするのも難しくなる

油断して開いたままの鏡から海の怨みが漏れだしてくる

本当の空腹じゃなく心理的要因による飢えじゃないかと

熱すぎたお茶がほどよくなるまでを何かのために使わずに待つ

カーテンの足りないぶんをあきらめて寂しいことにだんだん慣れる

ちょうどいいカバンが欲しくなるたびに間違いがちな僕の大きさ

もう何も背負っていない背中から不自然なほど汗が出てくる

未来予知めいた感じでピリピリと胸が痛んですぐに鎮まる

かみあわぬ会話のことはあきらめて無言で拾ってあげた消しゴム

正体を見せているのに納得がいかないような顔をされても

ずっとあるバラは造花で均等にほこりが白く花に重なる

そういえば最近見ないあの人は最近までは生きていたのね

寝なくてはいけないときに寝なかった大人は悪い大人になるよ

神様をでっちあげては騒ぎだすひとりじゃ眠れないってだけで

暗いのが怖いからってこの白い光に慣れていいものなのか

いん石が地球を壊す終わりなら怨み合わずに終われるのにね

人類に敵は途切れずあらわれてネコとネズミは仲良しでした

閉じこめて見えないように隠しても亡霊だから出たいとき出る

どの道が逃げる道かを知らないしもはや来るのは狼じゃない

道に咲く花はよく似た顔に見え道を教えてくれそうもない

整列をしているほうが楽なのは箱詰めされているせいかしら

まだ上に屋根があるからひどく降る雨の中でも苦しくはない

さっきから顔に何度も手をやってメガネはすでにそこにないのに

僕が持つ弱みのようにメガネにはとても小さなネジが偶数
直線で測れば遠くないけれど境界線があいだにあった
手や足があると生きのびられるのか問うのをやめて夏草を抜く

毒のない蛇だとしても目が合うと心が通じ合いそうで嫌

落ちている石は拾っていいけれど卵はやめておくほうがいい

終わらない暑さのせいで卵から生まれた順に干からびていく

呼ぶ声と応える声を数えると応える声のほうが少ない

未来へと走る列車に阻まれて長く開かない踏み切りを待つ

カレンダーどおりに日々を通過して思いついたら布団を干して

新しい明るい場所に大勢の人が集まり僕も来ている

いくつかのことは明日にはは忘れられほんとに消えてしまうのだろう

五階から下をのぞいて全身が予感している地面の硬さ

これまでのどの季節より遠くまで種を運んでくれた爆風
たとえるとそういう風に見えてくるふざけすぎると怒られるけど
集めても絵にはならない断片も並べておけば模様に見える

向こうから手を振る人に気がついて僕はひとりじゃなくなっていた

歩いてもずっと知らない町のままゆるいパンツのゴムを気にして

聞き上手ぶっていたのをやめてから朝の日課で朗読をする

また晴れてまた繰り返す猛暑日に言葉は響きだけが残った

意味のあることが言えずに鳴くだけの季節がいつか来るかもしれない

息つぎができるかはもうわからない青になってももうあわてない

朝の日が射す寸前の明るさをいつでも思いだせますように

つかもうとすれば逃れる羽根に似てみんな等しく落ちていくけど

眠ったらあきらめるのにゼンマイの仕組みのようにやっぱり眠る

時計から乾いた風が吹いていて眠ったぶんは砂になるんだ

恥ずかしいことしか思いだせないしなのに手紙を書こうとしている

手紙へと書いた言葉は手を離れそこから先を僕は知らない

パラダイス

人類がつなぐ世代の果てにいてひとりかじっている黒砂糖

ひき肉を牛になるまで巻き戻す科学はなくて今日も戦争

人の手でこねられながら小麦粉の未来が徐々に運命になる

割引のシールを貼られ食パンと惣菜パンはひとつのかごに

あきらかにあなたは他人なのだから他人行儀を悲しまないで

見えているどの星もみな遠すぎて手紙を届けられないなんて

聞いていた話のとおり台風が移動したから届かない本

いつもとは違う動きをした部屋で目立つところに出てくるほこり

天井も壁も歩ける蜘蛛だから世界の果てにたどりつけない

蚊には蚊の神様がいて人の血を盗んで逃げることも善行

夏野菜泥棒だった恋人が罪を償うまでは待てない

パラダイス行きと言われた列車からいつまでも見え続ける戦火

サックスを渋い感じで吹いている地球最後の日の工場長

非常時に避難所になる公園に鳩がいるのは備蓄ではない

この雨は止まない雨と思いこみ濡れて帰ってただ風邪をひく

空腹

全粒粉パンを選んで秋を待つ色づくものの少ない街で

簡単に裂ける袋に入れられて開いたらすぐに食べられたパン

約束をどうにか避けて暮らしてもどこかにかゆいところはあった

槍投げの槍が獲物を傷つけず地面に落ちる僕らの時代

誰からも見えないものを見えているように話せば会議は進む

それぞれの星には違う明るさがあるとは知らず方向音痴

夜道には今でも暗い場所があり隠れていてもおかしくはない

面影となってイチゴは輝けどジャムの甘さは砂糖の甘さ

真夜中に起きて明かりをつけてしまうこの空腹の意味の無意味さ

つじつまを合わせるためにあの時の自分の真似をしてやり過ごす

同じ頃同じ電車に乗っていた知らない人を今も知らない

霧が出てわたしも霧になれそうだ雲にはなれる気がしないのに

わけを知る前にくしゃみは急に出てずれた世界をわずかに戻す

つづら折りの山道を登るバスに乗り生まれる前からある墓へ行く

負け越した地元力士を見たあとでお仏壇からおはぎを下げる

少しだけ欠けても割れていないから何事もなく使われる皿

目の前に広がるものを見るだけで汚くなってしまった鏡

問題がそういう風に作られてそういう風な答えしかない

何もないままに終わった一日に何もないからつまずいている

空白に何かが満ちているような気がした時に崩れはじめる

かくれんぼしているわけじゃありません暗いところにいたかっただけ

二日ほど自分を見失いかけて結局もとのわたしに戻る

車から追い抜かれても構わない歩道を歩く歩行者だから

救急車と消防車とパトカーが走っていった同じ方向

簡単な計算だけどいつまでも終わらなければいつか間違う

この国はこのまま暑くなりすぎてヘビもトカゲも巨大化しそう

（思索せよ）僕たちの手にある未来（戦争はＡＩが続ける）

たどり着く前に終わった夕暮れに誰かわたしを探してほしい

端っこにちょっと触ってみただけとわかったあとも海は思い出

手も足もやけに遠くにあるようで後悔してももう酔っている

寝落ち

いいことを言えたと思う今日だった歴史に残ることはなくても

電柱の陰で泣いてる落武者に肉まんひとつ渡して帰る

乗り越えることができない高さではないはずだけど出口を探す

お別れも受け取るたびに慣れてきて泣けないことも許してほしい

取り引きは寝ているうちに行われ何かが違うわたしが起きる

目も口もひらいたままで死んでいた食べるかどうか迷っていたら

変わらないものはないってわかってても悟れるわけじゃなくておかわり

少しだけ光が透けてしまうから何かのフェイクみたいなチェリー

立ちかたがまっすぐすぎて立ったまま死んじまったのかと思ったよ

押し入れの一番古いアルバムの一番古い写真が卵

もし誰も卵を温めなかったら何も生まれなかったってこと?

油断して秋に染まった兄さんを（日頃の怨み）燻製にする

尊師からいただくルームランナーやエアロバイクのありがたきこと

腹が裂け中がはみでたぬいぐるみ（この子は自殺してしまったの）

これみんなサービスですと撒き散らすなんの種やらわからぬ種を

怖いのはきっと自分の正体を見なきゃいけないからだひとりは

どれぐらい言葉を信じていただろうあなたの声は好きだったけど

選択の余地のない死と知りながらタレか塩から塩を選んで

気にせずに暮らしていたらいい椅子をひとり占めする産業革命

面倒なことをするとき面倒と思う気持ちを捨てたくはない

こっちからあっちへ移動させてみてやはり戻してみたのちにゴミ

風向きが変われば悪くなる夜も灯りを消してひとりで寝なきゃ

風に乗る澄んだ心を持たないであなたは鳥じゃなくてミサイル

不夜城に火をつけに行く子供らは神無月同盟と名乗った

探したらきっとどこかにあるだろうのぞきこんではいけない小窓

木としての息の仕方がわからずに少し寂しい気持ちで帰る

手さぐりで触れあうような知りかたをいつまで覚えていられるだろう

大根をおろすあいだは一心に同じ動きを繰り返したい

くるぶしがずっとあぐらでいたせいでカチカチだけど心配しないで

寝落ちしてしまったあとも顔はありそれは寝顔と呼ばれています

くろだたけし

一九六五年生まれ。熊本県在住。本書が初の著書。二〇一七年より作歌をはじめる。二〇二二年、第二回「ナナロク社あたらしい歌集選考会（木下龍也　選）」にて本書の刊行が決まる。

初版第一刷発行　二〇二三年六月二十三日
画　和田ラヂヲ
装丁　名久井直子
組版　小林正人（OICHOC）
発行人　村井光男
発行所　株式会社ナナロク社
〒一四二－〇〇六四
東京都品川区旗の台四－六－二七
電話　〇三－五七四九－四九七六
ＦＡＸ　〇三－五七四九－四九七七
印刷所　創栄図書印刷株式会社

ISBN 978-4-86732-020-4 C0092

踊れ始祖鳥

くろだたけし

ぐいん
ぐいん
ぐいん

シャウ
シャウ
シャウ
くね
くね
くね

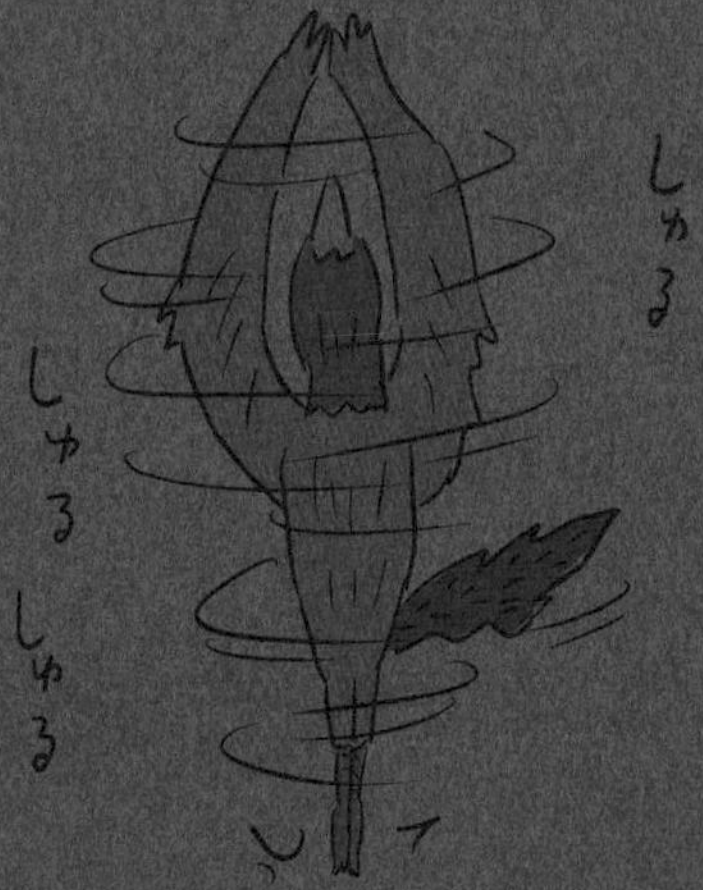
しゅる
しゅる
しゅる

ぐる
ぐる
ぐる

ぐいん
ぐいん
ぐいん
よっ
よっ
よっ

くねくねくね

シャウシャウシャウ